Branca de Neve
e os Sete Anões

Era uma vez...

Stefania Leonardi Hartley
Ilustrado por Maria Rita Gentili e Fulvia Foglizzo

Há muito tempo, em um reino distante, vivia uma **RAINHA** bela e gentil. Em um dia frio de inverno, ela estava sentada perto da janela com seu **BORDADO** quando espetou o dedo e três gotas de **SANGUE** caíram na neve que repousava suavemente no parapeito de ébano da janela.

Então ela disse:

— Desejo uma criança com a pele branca como a neve, cabelos escuros como o ébano que na mata cresce e lábios vermelhos como o sangue que em minhas veias corre!

Algum tempo depois, o **DESEJO** da rainha se tornou realidade e ela deu à luz uma linda menina com pele branca como a neve, boca vermelha como o sangue e cabelos escuros como o ébano. Eles a chamaram de **BRANCA DE NEVE.**

INFELIZMENTE, UM ANO DEPOIS, A RAINHA VEIO A FALECER. O REI LOGO SE CASOU NOVAMENTE E SUA NOVA ESPOSA ERA UMA MULHER MUITO BONITA, MAS EXTREMAMENTE VAIDOSA. TANTO QUE TODAS AS MANHÃS ELA CONSULTAVA UM ESPELHO ENCANTADO E PERGUNTAVA:

— ESPELHO ONISCIENTE, ESPELHO OBEDIENTE, QUEM NESTE REINO É A MAIS BELA?

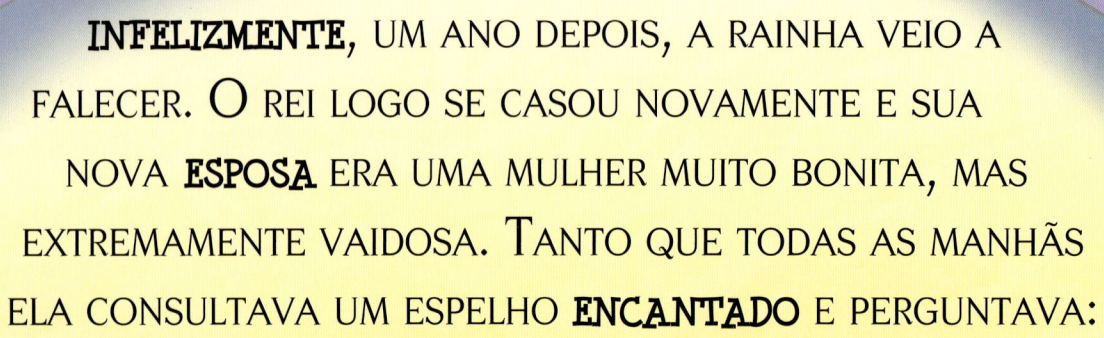

E, a cada vez, o espelho respondia:

– Você é a mais bela, sem dúvida! Ninguém aqui é mais bela do que você.

O tempo passou e um dia a rainha recebeu uma resposta **inesperada** do espelho:

– Uma moça cuja doce beleza é adorável e radiante... ela é mais bela do que você. Seu nome é Branca de Neve.

Ao ouvir essas palavras, a rainha perdeu a **PACIÊNCIA** e imediatamente convocou um dos caçadores reais. Quando o homem estava em sua presença, ela ordenou que ele levasse Branca de Neve até a **FLORESTA**, a matasse e trouxesse de volta o **CORAÇÃO** dela como prova de sua morte. Cheio de **TRISTEZA**, mas temendo a ira da rainha, o caçador atraiu a moça para **LONGE** do castelo com uma desculpa.

Porém, quando ele levantou a **FACA** para golpeá-la, não conseguiu cometer tal **ATROCIDADE**. Então, depois de confessar à Branca de Neve as ordens que havia recebido de sua **PERVERSA** madrasta, disse-lhe para fugir e **NUNCA** mais voltar ao palácio real. Em seguida, ele capturou e matou um **JAVALI**, colocou o coração do animal dentro uma caixinha e o apresentou à rainha, assegurando-lhe que havia cumprido todas as **ORDENS** dela.

Nesse ínterim, sozinha e indefesa, Branca de Neve VAGAVA pela floresta, que ecoava os uivos dos lobos e os rugidos dos ursos, sem saber onde encontrar ABRIGO. Finalmente, pouco antes do anoitecer, a moça chegou a uma CASINHA.

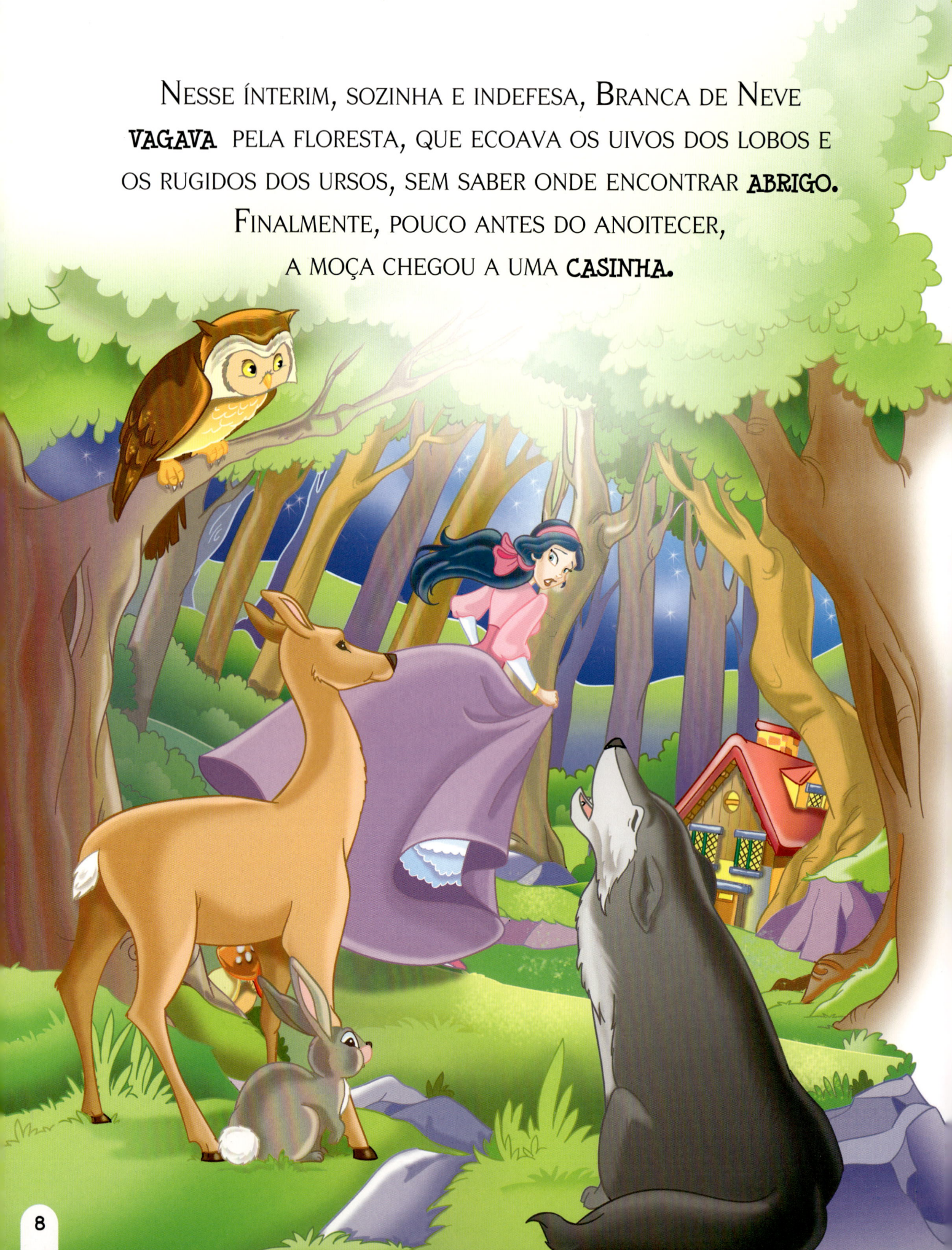

Pensou se tratar da casa de algumas crianças ou de adultos de tamanho muito pequeno, porque tudo era em **MINIATURA**.
Branca de Neve entrou pela **PORTINHA** entreaberta e encontrou sete cadeirinhas ao redor de uma **MESINHA** posta com sete pratinhos, sete garfos pequeninos, sete facas em miniatura e sete colheres minúsculas.

Tudo extremamente arrumado!

Cansada e **faminta** após tanto vagar, Branca de Neve mordiscou um pedaço de pão de um prato e bebeu um gole de água de um copo. Depois, ela foi procurar um lugar para **descansar** e encontrou um quarto com sete caminhas feitas, com lençóis limpos e cheirosos, uma ao lado da outra, em uma fileira bem ordenada. Então, vencida por sua **tristeza**, ela se deitou e caiu em um **sono** profundo.

Na verdade, a casinha pertencia a sete **ANÕES** que, todas as manhãs, iam trabalhar nas **MINAS** e só voltavam para casa tarde da noite. Naquele dia, assim que chegaram, notaram que alguém havia comido e bebido da mesa deles; por isso, checaram **SORRATEIRAMENTE** todos os outros cômodos da casa. Quando chegaram ao quarto, para surpresa de todos, viram a linda princesa dormindo em suas camas. Eles não tiveram coragem de acordá-la, então a **VIGIARAM,** em turnos, até a manhã.

Ao acordar, Branca de Neve contou aos sete anões todas as suas **DESVENTURAS** e pediu-lhes que a hospedassem em troca de ajuda nas **TAREFAS** domésticas. Os homenzinhos concordaram alegremente e juraram que iriam **PROTEGÊ-LA** da rainha má, custasse o que custasse.

Os dias passavam e todas as **manhãs**, depois que os anões iam para a mina, Branca de Neve varria, arrumava a casa e preparava **deliciosos** jantares para seus benfeitores.

Infelizmente, porém, o espelho encantado não foi **enganado** pelo coração do javali que o caçador trouxera e revelou à rainha:

— A bela Branca de Neve está sã e salva. Na casa dos anões ela pode ser encontrada!

A rainha ficou furiosa e decidiu que, desta vez, livraria-se de Branca de Neve com suas **próprias** mãos.

Disfarçada de **VELHA**, ela bateu à porta da casinha dos anões fingindo vender **TECIDOS** e convenceu Branca de Neve a experimentar uma linda **FAIXA** de seda colorida. Então, a madrasta amarrou-lhe com tanta força na cintura que a moça não conseguiu **RESPIRAR** direito e desmaiou. Convencida de que Branca de Neve estava finalmente **MORTA**, a rainha cruel foi embora.

Por acaso, os anões já estavam **VOLTANDO** para casa e, assim que encontraram a moça caída no chão, correram para desamarrar a faixa e reanimá-la. Nesse meio-tempo, de volta ao castelo, o espelho revelou tudo para a rainha, que voltou para a floresta com um novo **DISFARCE** e conseguiu enganar Branca de Neve pela segunda vez, oferecendo-lhe uma fruta **ENVENENADA**. Mais uma vez, os anões voltaram a tempo de salvar a princesa.

Pois bem, a madrasta cruel, com suas **HABILIDADES** mágicas, preparou um veneno extremamente poderoso e mergulhou metade de uma **MAÇÃ** nele. O lado envenenado da fruta ficou **VERMELHO-VIVO.** Então, vestida como uma camponesa, ela voltou até a casinha dos anões e bateu à porta, mas, desta vez, Branca de Neve não abriu. A rainha, porém, **INSISTIU** tanto que a moça não teve coragem de ignorá-la mais e abriu a janela.

– Lindas maçãs! Experimente e compre! Certamente, os bons anões adoram torta de maçã! – disse a madrasta. Então, para tranquilizar Branca de Neve, mostrou a ela a maçã envenenada e mordeu o lado claro, que não havia **tocado** o veneno. A moça ficou com vontade de comer a fruta **apetitosa** e decidiu experimentar, mas do lado vermelho-vivo. Na primeira **mordida**, ela caiu no chão sem vida. Infelizmente, desta vez os anões voltaram para casa tarde demais para salvá-la.

A morte não desvanecera a BELEZA de Branca de Neve, e, sendo assim, os anões decidiram não a enterrar. Em vez disso, eles a colocaram em um caixão de CRISTAL, de onde todos poderiam admirá-la. O local, constantemente GUARDADO pelos anões, tornou-se um destino de PEREGRINAÇÃO para todos os animais da floresta.

Então, um dia, um **príncipe** de um reino próximo passou por ali. Intrigado, aproximou-se do caixão de cristal e, encantado com a **doce** beleza da moça, que parecia estar apenas adormecida, levantou a tampa para **observá-la.** Desejando dar-lhe um **beijo**, ele a pegou nos braços, **levantando-a** da cama.

Com isso, o príncipe fez com que o **PEDAÇO** de maçã envenenado, que estava alojado na boca de Branca de Neve, escapasse dos lábios da moça. Imediatamente, ela recuperou a vida, para o **JÚBILO** dos anões. O príncipe, que se apaixonara à primeira vista pela bela e misteriosa moça, pediu-lhe que se **CASASSE** com ele, e ela aceitou de todo o coração. A madrasta, desinformada, também foi convidada para o **CASAMENTO**.

Ela vestiu suas roupas mais **luxuosas**, admirou-se em seu espelho mágico e perguntou:

– Espelho onisciente, espelho obediente, quem neste reino é a mais bela?
– A você, minha bela rainha, nunca menti: mais encantadora que você é a linda noiva – respondeu.

Curiosa para conhecer sua nova rival, a rainha se apressou e foi até o castelo onde o casamento estava prestes a ser celebrado.

Ao chegar lá, ela se deu conta de que a futura noiva não era outra senão sua **odiada** enteada Branca de Neve.

Lívida de **RAIVA**, a rainha perversa saiu do salão gritando feito louca e nunca mais foi vista. Já a jovem princesa e seu **AMADO** príncipe se casaram e viveram juntos, felizes para sempre, por muitos e longos **ANOS**.

FIM

Rodovia Jorge Lacerda, 5086 - Poço Grande
Gaspar - SC | CEP 89115-100

© Moon Srl, Itália
Todos os direitos reservados

Direitos exclusivos da edição em Língua Portuguesa
adquiridos por © 2017 Happy Books Editora Ltda.

Texto:
Stefania Leonardi Hartley

Ilustração:
Maria Rita Gentili e Fulvia Foglizzo

Tradução:
Ana Cristina de Mattos Ribeiro

Revisão:
Tamara B. G. Altenburg

IMPRESSO NA CHINA
www.happybooks.com.br

Dados Internacionais de Catalogação na Publicação (CIP)
(Câmara Brasileira do Livro, SP, Brasil)

Hartley, Stefania Leonardi
A Branca de Neve; Texto: Stefania Leonardi Hartley; Ilustração: Maria Rita Gentili e Fulvia Foglizzo [Tradução: Ana Cristina de Mattos Ribeiro].
Gaspar, SC: Happy Books, 2024.
(Coleção Era Uma Vez)

Título original: Once upon a time - Snow White and the seven dwarfs
ISBN 978-65-5507-447-5

1. Contos - Literatura infantojuvenil I. Moon Srl.
II. Gentili, Maria Rita. III. Série.

23-168455   CDD-028.5

Índices para catálogo sistemático:

1. Contos : Literatura infantil 028.5
2. Contos : Literatura infantojuvenil 028.5

Cibele Maria Dias - Bibliotecária - CRB-8/9427